문학과지성 시인선 528

우주적인 안녕

하재연 시집

문학과지성사

문학과지성사에서 펴낸 하재연의 시집

라디오 데이즈(2006)
세계의 모든 해변처럼(2012)

문학과지성 시인선 528
우주적인 안녕

초판 1쇄 발행 2019년 4월 24일
초판 10쇄 발행 2024년 6월 11일

지 은 이 하재연
펴 낸 이 이광호
주   간 이근혜
편   집 조은혜 이민희 박선우 김필균
펴 낸 곳 ㈜**문학과지성사**
등록번호 제1993-000098호
주   소 04034 서울 마포구 잔다리로7길 18(서교동 377-20)
전   화 02)338-7224
팩   스 02)323-4180(편집)   02)338-7221(영업)
전자우편 moonji@moonji.com
홈페이지 www.moonji.com

ⓒ 하재연, 2019. Printed in Seoul, Korea

ISBN 978-89-320-3534-5 03810

이 도서의 국립중앙도서관 출판예정도서목록(CIP)은 서지정보유통지원시스템 홈페이지
(http://seoji.nl.go.kr)와 국가자료공동목록시스템(http://www.nl.go.kr/kolisnet)에서
이용하실 수 있습니다. (CIP제어번호: CIP2019014878)

문학과지성 시인선 528

우주적인 안녕

하재연

시인의 말

말해본 적 없는 이야기들에 물음표를 그리며
사라지는 아이와
다 듣지 못한 말들을 등에 포개고 멀어지던
어머니의 뒷모습에
이 시들을 둔다.
따라가는 발자국처럼.

2019년 4월
하재연

우주적인 안녕

차례

3부 좋은 것

1부
기계류

양양

열 마리 모래무지를 담아두었는데
바다로 돌려보낼 때
배를 드러낸 채 헤엄치지 못했다고 했다.

집에 와 찾아보니
모래무지는 민물고기라고 했다.

누군가의 생일이라 쏘아 올린 십 연발 축포는
일곱 발만 터져 행운인지 불운인지 모르겠다고

노란 눈알이 예뻤는데

물고기는 눈을 감지 못하니까
죽어서도 눈을 감지 못한다고 했다.

기계류

우리는 다만 막막하고
미세한 소음들만을 내기 위해
중단되지 않고 있다

내가 아닌 타인에게
연주될 수 있는 악기가 아니라는 듯이
나로부터 발생된 나를 바라본다는 듯이

사랑을 나누는 순간 어디선가
부적격자들은 잉태된다

옛 세계를 떠나 우리들은
새로운 행성을 불모지로 만들 뿐

나의 아가미로 들이쉰 호흡이
너의 폐에 전달되며 우리는 흑점처럼
서로가 서로에게 차가워지고

더 어두워지고

서로의 표면을 뚫는다

스피릿과 오퍼튜니티

영원히 종료되지 않을 여행이라는
프로그램을 너는 시작하게 된 것일까
아무 이유가 없이

네게 입력된 커맨드가 치명적으로만
너를 전진시킬 때

가장 먼 곳에서 전해 오는
모래바람의 정신을 기록하기 위해서는
온몸이 먼지에 뒤덮여야 한다는 것

어떤 세계의 시작도 먼지로 이루어진다는 사실을
너의 눈동자로 증명하는 것이다.

망가진 시간의 골짜기에 굴러떨어지는 스피릿

펼쳐져서는 안 되는 장면에
펼쳐지고 만 인공위성의 날개처럼

슬픔이 무한으로부터 전달되어온다.

무한과 무한의 사이에 찍힌 하나의 점과 같은
우리에게

양양

너는 자꾸 유성을 유성우라 말하고
나는 너의 말을 고쳐주었다 그런데도 너는

사람이 죽지 않으면
지구가 터져버릴 텐데
그래도 사람이 죽지 않는다면
너도 죽지 않았을 텐데

처음 보는 별이 한 개 떨어졌다

아이의 그넷줄에 목을 매단 친구가
꿈에 나온다 내 생일이 그의 장례식이라
벽제에서 흰 뼈가 되어 나온 날도
나의 생일이었고
올해의 내 생일도 그의 기일인데
다른 친구는 그가 참 나한테 너무한다고 농담을 했던
벽제의 8월

별이 떨어지는 걸 처음 본다고 너는 말했다

그런데도 유성을 유성우라고
나는 자꾸 너의 말을 고쳐주지만

한 사람

나는 길게 누워 있는 섬 위의 저녁 구름에
서린 분홍 같은 것이었다가

조금씩 시간이 흘러 이렇게
한 사람이 되었습니다

가끔 화단 끝에 우두커니
깜빡 잠들었다 혼자 깨어나 어안이 벙벙해진
오후의 친구를 놀래는
흐린 그림자 같은 것이었는데

지금은
한 사람이 되었습니다

부드러운 산호, 코튼 캔디의 파랑, 바다로 떨어지는 빗
방울들
위로 떠오르는 밤의 달의 반쪽 얼굴

미래에서 자고 있는 내 아이의 꿈에

들려오는 자장가
들어본 적 없이 떠오르는
노래의 끊어진 마디들

파도는 밀려왔다 밀려가는 동안
흰 모래와 석양과 별빛 들을 얼마나 가져갔다
되돌려주러 오는지

사라진 계절들이 겹쳐져
지구 밖의 하늘은 점점 더 검어집니다

그리고 나는 세상에 떠 있는 나라들

해변의 이름과 조각과 색깔을 엮어 만든
조개껍데기 목걸이의 끊어진 줄을 잇고 있는

하나의 사람이 되었습니다

해변의 아인슈타인

나는 무지한 언어를 가지고
낯설고 어두운 입술로
나의 이름을 꺼냈습니다.

나는 인간입니다.
나는 인간입니다.

해변의 과학자처럼
십삼억 년 전으로부터 흘러들어온 중력장을 발견한
어린 천사의 춤처럼

파도는 끝없이 돌아와 안녕, 인사를 하고
안녕, 작별을 했습니다.

나의 목소리는
한없이 당신의 목소리와 겹쳐져서
이어지다가
시작된 철자로서 끝이 나는 나의 이름을
허공에 그리며 사라져갔습니다.

우주로 돌아가는 기차에 탑승한
내 어린 영혼의 손가락이
작은 빛의 삼각형을 만들었습니다.

검은 지구의 밤하늘이 조금 더
검어졌습니다.

*「해변의 아인슈타인」─필립 글래스.

평균율

고통을 통해 이곳에 떨어졌으니,
고통에 속해서만 지상의 바깥으로 돌아갈 수 있으리.

오늘 엄마와 손잡는 꿈을 꾸었어,
내일도 손을 잡아줘 조금 힘껏, 아프지 않게

세계를 열두 가지 색으로 나누면 무지갯빛이 아니라
희고 검은 색들만이 남는다.

볼 수 없다면 듣는 것이 가능하지만 들을 수 없다면
사라진 것들을 어떻게 알아볼 수 있나.

타고 남은 흰 뼈의 무게는
불타지 않은 당신의 희망과 믿음만큼 우리에게
가라앉고

은하처럼
더 멀리 있을수록
더 빠르게 멀어지는

당신과 나

이 차가운 암흑계 속에서 지구가 회전을 멈추는 날
우리는 만날 것이다.

27글자

72글자를 거꾸로 하면
27글자

 광물 중에는 다른 광물의 결정형을 갖게 된 것이 있
는데
 그것을 가짜 결정이라고 말한다
 그러나 정확히 다른 광물이 되고 싶었던 것일까
 '광물의 영혼'을 상상하는 나의 계속되는 밤

 밤 뒤의 어둠을 생각한다 반드시 밝아지지 않을
 어떤 하나의 밤에 대하여 오로지 이 밤 속에서 생각하
는 것은
 내 말단의 도덕 또는 첨단의 놀이

 나는 숲속을 걸었고
 또 이런 생각을 한다

 내가 알고 있는 떡갈나무들과
 내가 모르는 떡갈나무들에 관해

내가 본 떡갈나무라고 말하는 나의 입술은
용서받을 수 없겠지

떡갈나무 안에 갇힌 떡갈나무는 나의 죄를
상관하지 않고

어제의 떡갈나무와 일 년 후의 떡갈나무가
나의 숲에서는 자라고

완전하게 파괴될 수 있어서
가장 아름다운 인간이
나의 곁에서 고르게 숨을 쉬며 잠들어 있었다
그 숨을 나누어 쉴 수는 없었다

* 「일흔두 글자」—테드 창.

23

원소들

남아 있는 시간의 등 뒤를
잃어버린 시간의 머리가 바짝 쫓아오고 있습니다.

이렇게 추월당하고 나면
사용할 수 있는 꿈의 염료가 바닥나버릴 텐데
더 이상

영혼의 그릇이 없습니다.
양전하와 음전하들이 무수히
몸을 흐르고 있습니다.

어떻게 하면 좋은 배열이 이루어지고
나의 몸은 눈을 뜰까요?
번쩍, 하고 새 생명을 얻어 노란 벽돌길 밖으로 걸어
나갈 수 있을까요?

전쟁을 음악처럼 여기며 태어난 아이들이
나의 얼굴을 닮아가는 무서운 장면이 상영되는 극장
에서

스크린을 다시 검게 칠하고
처음 보는 자막들을 배열해보기로 합니다.

아르곤은 아르곤과
제논은 제논과
너에게서 떠오른 얼룩들을 나의 피와 잘 섞어서

태양과 별들 속에 타고 있는 언어를 잠시 빌려오기로
합니다.

흐물흐물한 덩어리들이 우리의 뇌를
희박하게 하나의 세계로 만듭니다.

나는 경건하게 새 옷을 입고
나의 바깥으로 흘러내리는 시간들을 열심히 증류하였
습니다.
나의 2인칭과 3인칭도 연기처럼 빠져나왔습니다.

적기

떨어지는 눈송이의 모양은 완전하지 않다고 한다.
프랙탈, 당신,
당신, 나, 프랙탈,

너와 나는 불완전하게 다만 서로를 증식시킨다.

북극의 프랑켄슈타인과 같이, 빙하에 걸린 구름과 같이
쪼개지는 얼음과, 흩어지는 얼굴과

늘어나는 혀로 나의 이름을 부를 때,
맨발로 우르르 침몰하는 너의 입술에서 흘러나오는

나의 이름이
나의 얼굴을 덮고
나의 시간이
나의 이름을 덮고

플라즈마, 하고 써둔 백지 위로
새벽의 빛이 지나가고

너에게서 한없이 이어지는 너와 같은 표정들을
나는 다음 새벽의 빛으로
잇대어 읽을 수밖에 없었다.

화성의 공전

암뿌우르에 봉투를 씌워서 그 감소된 빛은 어디로 갔는가
— 이상, 「지도의 암실」

지구에서 지낸 밤이 깊어갈수록
나는 점점 더 부족해진다.

더 많은 나의 숨이 필요하다.

뒤집어져 불길로 타오르는 것
망가진 고요를 통해서만
나는 너를 조금 이해한다.

오래전의 미래를 향해 침식되는 대기

두 개의 영혼 사이에서 부서지는 인간의 마음

인간의 죽음과는 연관하지 않고
아름다운

푸른 불꽃의 석양 쪽으로 가산되는
꿈의 시간들

이제 나는 화성의 고리가 되어가고

발생하는
희미한 빛

빛에 관한 연구

초가 완전히 녹아버린 후 촛불의 빛은 어떻게 되는지
일요일의 흰빛이 월요일 쪽으로 사라져갈 때

빛이 사라진 지구가 혼자 돌고 있는 밤을 생각한다.
지구는 그때부터 처음의 방식으로 고독해지겠지.
굿바이,
하고 인간들에게 인사를 하고
정말로 우주적인 회전을 하게 될 것이다.

빛이 어떻게 발생하는지 묻지 않고
빛이 어떻게 사라지는지 연구하는 사람을
사랑한 적이 있다.
그도 빛과 함께 사라져서,
우주적인 안녕을 해야만 했고

나는 다시
먼지처럼
이곳저곳에 묻어 있다가,
쓱 닦이곤 했다.

홀러넘쳤던 빛의 입자들은
공중으로 높이 올라가다 생각난 듯 한 번 반짝였다.

그러고 나서는
영원히 보이지 않는 음이 되어
세계의 투명한 공기를 짙게 한다.

* "초가 완전히 녹아버린 후에 촛불이 어떻게 되는지"——루이스 캐럴,
『이상한 나라의 앨리스』.

그것

그것은 어떤 생각이 들 때마다
느려지곤 했다.
어떤 단 하나의 생각을 떠올려야 한다는 듯이.

그의 주인은 화를 내며 기다리다가
한심하다는 표정을 지었다.

너는 너무 오래되고 쓸모없구나.
너는 생각을 할 필요가 없는데.
너의 시간은 너에게 속한 것이 아닌데.

어떤 생각은 굵게 꼬인 나무뿌리처럼
그것의 몸통을 감았다.
자라난 생각의 힘 때문에 그것은 꺼져버릴 때가 많았다.

밤
까만 밤
우주에서 온 밤
다시 켜질 수 없을 것 같은

속에서 드디어 하나의 생각이 떠오르고
밤은 끝이 났다.

한 사람이 창을 닫았고
그것은 끝의 다음에서 깜빡거리기 시작했다.

0도의 밤

거의 도착한 그곳에
나는 와 있지 않았다

구부러진 시간의 반대편에서
누군가 한 번 더 사랑을 경험하고 있었다

타인처럼
잠든 후처럼

2부
메트로놈 프로그램

양양

물고기를 잡아야 돌아갈 수 있다고 했다.
네 손바닥에 놓인 것이 조용했다.

해마도 물고기냐고 물었다.
해마는 말을 닮은 물고기라고 했다.

눈 뜬 해마는 식물 같아,
수컷이 새끼를 낳는다지.

너는 해마가 약으로도 쓰인다고
멸종 위기라고

물에 사는 고기들이
다 고기인 건 아니라고.

다음 날이 도착했는데

죽은 해마와
나는 사람이 먹어야만 산다는 것에 대해 생각했다.

폭우

투명한 우산 하나를 나누어 쓰고
너랑 나는 다른 비를 피하고 있었지

웃는 꽃과
우는 꽃을
각각 머리에 꽂고

집으로 돌아갈 수밖에 없었던

집으로 가는 길에 피었던 꽃은

하나의 발과 또 하나의 발로
밟고 지나갔던

수화

보이지 않는 한 쌍의 손으로
드디어 말을 시작할 즈음
너는 자리를 떠나고 있었다

나의 두번째 이야기는
언제쯤 끝마칠 수 있게 될까

네가 두고 간 줄에 남은 핑거링
내 손가락들은 네 삶의 선을 복기할 뿐

아름다움에는 연습이 필요하고
나는 알 필요가 없었던 일들만을 알 수 있었을 뿐

어느 날 나의 내부에 생긴 점들은
나의 눈을 멀게 할 것이다

나는 다시는 뜬눈으로
매료되지 않을 것이다

후천적인 삶

다른 나라의 말들만이
우리에게는 필요합니다
사랑은 사라지는 것
너의 입술은 너의 국기
흘러나오는 모든 것들을 주워 담아
네 몸을 새로운 피로 채우는 마술은
추방된 어린아이의 손끝에서

끝나기 위해서만 못갖춘마디의
노래가 시작되지 않습니다
이민자의 외투를 빌려 입고
불완전한 목소리를 가다듬어
어, 어, 나, 여기, 있어,
계속해서
찢어지는

천 조각의 실 한 오라기로
바람에 섞여들어
있을 수 없는 일이 되어가면서

쓸 수 없는 문자로 쪼개지면서

분산

뚜껑을 닫아둔 병에서도
초파리가 날더니 구더기가 슬었다.

인간 주제에
인간 주제에

무에서 유를 창조하다니

여름이 지나면 창궐하는 것들

나의 냄새를 닮아
눈 못 뜨고 골라내 버려야 할 것이 있었고

까만 밤이 무사히 지나고 나면
지상의 누구라고 할 것 없이
알들을 낳았다.

사랑은 복제되지 않는 것이 아닙니까
사람은 복제되지 않는 것이 아닙니까

입들은 세계에 뚫린 검은 구멍이었다.

제 몸을 파먹고 피는 꽃을
응애,라 부른다고 했다.

천상의 피조물들

어떤 물건도 다 살 수 있는 가게가 있다고 하자
  손님이 술 수 있는 가장 소중한 것이 물건의 가격이
되는

내 아이와 너의 아이가 사랑을 하는 동안

신들은 가혹하다고 하자 세상을 멸망시켰다고
그래도 인간만은 용서해주었다고 하자

나는 아무것도 하지 않고 있었네
들려오는 것들만 듣고 있었네

그런데 신의 한 자손이 인간의 세상이 궁금했다고 하자
신의 허락을 받을 수 없었다고 하자

우리의 아이들은 너무 아름다워서

몰래 방문한 세계는 이해할 수 없었다고 하자
신들에게도 이해받을 수 없었다고 하자

투명하게 반짝이는 지상의 모든 물건에 그들만의 값을
매기고

하늘로 가는 문들은 전부 닫혔다고 하자

나는 결코 그 가게의 손님이 될 수 없었다

너의 라디오

주파수를 영원히 맞출 수 없는 라디오는
아직 라디오라고 불리고 있다.
라디오로 남아 나의 머릿속에 작은 구멍들을 낸다.

라디오는 내가 사랑하는
라디오는
검고 수많은 구멍이 뚫린 라디오였는데
검고 수많은 뚫린 구멍들의 라디오로 남아
나에게 현실의 음악을 들려주지 않는다.

라디오는 라디오가 아닌 이름으로
불려본 적이 없으니까
자신의 검고 수많은 구멍이 이제 무엇에 소용되는지
알지 못한다.
영원히 알지 못할 것이다.

개의 꿈을 대신 꾸고
나는 도둑개를 내쫓았지만,
그건 진짜 개의 꿈은 아니었고,

소시지를 훔쳐 간 것은 개가 아니었고,
나는 진짜 도둑이 아닌 개의 가짜 꿈을 꾼
개 주인이었고,

쫓겨난 개는 한없이 나라는 주인의 오두막 주위를 떠
돌고 있었다.
이상하게 끝나지 않는 겨울에.

하나의 사람

우주에 찍힌 한 개의 점처럼
꼬부리고 잠이 든
한 아이의 얼굴

그 점을 들어낸 자리에는
아주 작은 구멍이 생기게 될 것이다

4월에도
5월에도
눈은 내리고
내리는 눈의 무게는 무겁고

세계라는 빙하 위에는
메울 수 없는 아주 작은 구멍들이
느린 속도로 하나씩
늘어가게 된다

크게 벌린
입속

시커먼 목구멍을

하나 가지고

희고 차가운 빙하의 껍질 위에

대고 있는

나의 빨간

두 개의 발바닥

드로잉

나는 지운다 나를

기계적으로
맹목적으로 흘러가는 구름

흩어지기 위해서만 모이는
얼음 방울들의 차가움에 가까워지도록

인간의 울음이 발명된 후로
나의 수요일은 다가올 수요일들을 위해

복제된다 마음이
남아 있다는 말은

하나의 손가락이 지나간 자리에
다른 손자국이 포개진다는 이야기

오늘의 식탁 위에 다시 차려지는
내일의 식탁보 같은 하얀색

백지 위 타이프라이터가 지나간 자리

남아 있는 소리들

위로 형성되는

회전문

그들이 되기 전에는 결코
알 수 없는 것이 있습니다

들어갈 때는 가능했던 자세가
나올 때는 불가능해지는 순간이 있습니다

오목한 당신의 마음이 볼록하게 튀어나오는
순간이 어째서
관객들에겐 패러독스입니까

당신은 당신의 밖으로 긴 장갑을
던져주기 바랍니다 간직했거나
감추어졌다 펼쳐지는 지문을 우리는 주울 뿐입니다

당신이 발을 딛은 바닥은
내 머리 위의 심연

가까워지는 당신의 손을 절대
만질 수 없는 투명한 거리가 있습니다

하얀 새의 윤곽을 만드는 검은 새들을
알아보지 못하고 우리가 지나치듯이

스노드롭

눈동자 없는 노루의 눈물 한 방울과

불가리아 갈란타민 아세틸콜린 알츠하이머 알칼로이드
녹는점 130도
무색의 주상 결정과 같은

물질이 된 너의 웃음을 발견한 순간

아름다운 복잡한 기술로
제작되지 않은 글자들로만 씌어진 책의 한 페이지 귀
퉁이가
접혔다

분화구 속으로
4월의 눈송이들이 끝없이 떨어진다

너의 무색 웃음이 내 손가락들 사이로 빠져나간다

너는 결정되지 않는

수식

풀 수 없는 순열로만
아름다워졌다

마이너스

누구에게도 필요치 않을
공기와 재화 들을 가지고

굉장히 높은 탑을 쌓아 올리는 기분으로

어제가 다가왔다.
동굴에 매달린 박쥐들 중 하나가 툭,
떨어지듯

내 앞에 펼쳐지는 것들이 있었다.

주위의 밀도가 점차 낮아지고
너 혼자만의 중심이 뻑뻑해져갈 때

내가 할 수 있는 저항은 유일하게
비밀을 생성하는 것뿐,

그것은 우주적으로 멀리까지 튕겨 나오곤 하며
아무도 소모할 수 없는 감정이다.

우리의 내부로 공전하는 자디잔 시간들의 빛
속에서

믿을 수 없을 정도로
우리는 그보다 빨리
와 있었다.

메트로놈 프로그램

빼앗긴 것들이 보석같이 놓인 가판대 앞에서
손가락을 빨고 있는
북극의 어린아이처럼 바닷가에서
끝없이 돌아가곤 하는 파도의 움직임을 바라보면서

당신의 어둠은 늘 양손을 모두 사용합니다
오른손으로 한 번
왼손으로 한 번
사랑을 표현하고 있는데
한 손에서 흘러나온 사랑이
다른 손에서 흘러나온 사랑과 한 번도
같은 부드러움을 낳지 않습니다

나의 꿈들은 날마다 튜닝을 마치고
조금씩 다른 소리를 내기 시작하였지만
간격과 간격 사이로 흘러드는
색깔 같은 것들이 있습니다
하나의 어둠보다 더 쓰고 진한 어둠
어둠의 두께로도 다 드리울 수 없는 어둠의

내부들

나의 모호함으로
당신의 손을 더럽히지 않기를
아름답고 누추한 시간의 박자가
당신과 나의 정면에서 빗나가기를

양피지의 밤

이런 밤마다
나의 시간이 얇아지고 있다.
짐승의 가죽과 같이
늘어나는 것 헤어지는 것 결국 구멍이 나버리는 것들.

구멍 너머로
먼 세계가 보인다.

우주의 커다란 손가락으로 토성의 고리를 만지는 것은
어떤 느낌일까.

아름답고 얼얼하게
투명한 글자를 쓴다.

시간을 이어 붙여 생긴 삼각지대에
너의 이름 앞으로 초대장을 쓴다.

안녕, 하는 입술의 벌어지는 ㅇ과 닫히는 ㅇ을
소리 없이 흉내 내며 눈이 그칠 줄 모른다.

그 눈 속에 나는

꿈속의 네 집 앞을

발바닥으로 무용하게 쓸고 있었다.

토성의 고리가 되어버린 어떤 죽음을 생각하며

네가 도착할 수 있는 거리를

처음으로

발명하기 위해

고고학자

일종의 나무를 생각합니다

씨앗을 뚫고 나온 떡잎의 힘과
물의 촉촉함을 빨아올리는 초록의 색깔과
태양을 받아들이는 겹눈의 모양을

빽빽하게 동류와 숨결을 나누는 개체들의 군락을

당신의 손가락이 그려나가는
투명한 트라이앵글

하나의 면은 대지
하나의 면은 하늘
그리고 또 하나의 면

지구라는 이상한 행성에서
죽음에 둘러싸여
가끔 사랑을 나누는

인간이라는 현상을

이제는 지상에 없는 아이가 울리고 간 종소리의 궤적
처럼

슬프고 아름다운 자국에 대해
자국으로만 남은 존재들에 대해

처음 얻은 문자들을 해독하며
당신은 지독한 추위 속에 있습니다

모든 것을 덮는 눈이 내리고
또 내리고
당신의 눈동자 속에도 눈이 내리고

당신만이 입을 열어 말할 수 있는 이야기를
당신의 언어로 기록하는 낮과 밤 너머의 시간에서

별들이 자리를 다시 한번 바꾸고

사라진 숲,은
태어납니다

유죄

아무 데나 지문을 흘리고 다녔다.

나와 꼭 같이 생긴 외투를 마련했다.
팔이 두 개 주머니가 두 개
알리바이가 두 개 더 생긴 것 같았다.

나는 나의 얼굴을 설명하지 못했다.
꿈속에서는 얼굴을 잊은 사람처럼
아무렇게나 웃을 수 있었다.

불필요한 여분을 지우고
죽음에 대한 세금을 저축하며

나와 삶은 이렇게
묶여서는 안 되는 것이었다.

리스트란 것은 하얀 종이였고
내 이름은
검은 글씨로 씌어져 있지 않았다.

스노우맨

입술을 어색하게 칠함으로써
웃음이라는 표정을 처음 가지게 된다
눈썹을 새카맣게 그리고
찡그리는 마음을 얻은 것처럼
당신이 이끌고 간 계단을 밟아 올라갈수록
아래쪽으로 사라져가는 발들

날았다고 생각한 건 나였고
파도를 본 것은 우리였으나
결국 나는
아침 햇빛에 눈을 뜨게 되고
녹아 움직일 수 없게 된 밤의 색들
그러므로 사랑은 어떠한가

차가움이 만질 수 있는
뜨거움이란 무엇인가

3부
좋은 것

좋은 것

지금 좋은 것을
좋아할 수 있도록 해줄게.

꿈의 색깔 같은 부분은 소매에 묻어 지워지지 않았다.

술의 향을 가져가는 천사들의
코는 계속해서 신선한 향기를 맡을 수 있겠지.

술통의 줄어 있는 술처럼 나는 조금 가벼워져 있겠지.

내 코가 그것을 기억했다면
냄새는 고독하지 않아도 되었을 텐데.

단 하나뿐인 색깔로 지구의 황금빛 띠를 이루며 떠돌
았을 것이다.

내 이름의 좋은 부분들은
닳아서 요철이 사라진 채로
언제부터 여기 남아 있게 된 것일까.

밀크 캬라멜

나랑 그 애랑
어둠처럼
햇빛이 쏟아지는 스탠드에
걸터앉아서

맨다리가 간지러웠다
달콤한 게 좋은데 왜 금방 녹아 없어질까
이어달리기는 아슬아슬하지
누군가는 반드시 넘어지기 마련이야

혀는 뜨겁고
입 밖으로 꺼내기가 어려운 것
부스럭거리는 마음의 귀퉁이가
배어 들어가는 땀으로 젖을 때

손바닥이 사라지기를 기도하면서
여름처럼
기울어지는 어깨를
그 애랑 맞대고서

맞대고 나서도

기울어지면서

합주곡

영원 비슷한 것,
이라고 나는 말했다
물에 스며드는 핏방울 비슷한 것, 설탕 인형의 기억 비
슷한 것, 끝이 이어지지 못한 ㅇ 자 비슷한 것,

뒷부분을 어떻게 마칠지 기억나지 않는 연탄곡을 치고
있었다
이상하구나,
나는 피아노를 배운 적이 없는데
체르니라는 발음을 좋아했을 뿐인데

이건 너무 심한 벌이다
내가 태어나기 전에 녹음된 내 목소리가 자막으로 흘
러나오고 있었다

이제, 옆 사람과 미소를 찡긋 교환하자, 그리고
인사를 하려 했는데

청중이 한 명도 없다

눈을 비비고 보니 객석은 흑백의 바다였다

천장으로부터 쏟아지는 조명이 우주선의 빛 같았다
이티처럼 느리게 빨려 들어갈 수는 없었다
콜 미 홈

파쇄

나의 스퀘어
너의 스페이드
나의 하트
나의 스페어

나는 내가 부족하고
점점 더 부족해진다.
이런 칠흑에도

꺼내 쓸 수 있는
희미한 빛, 점자
쌓아둔 빛은
귀신을 부른다고 한다.

나는 항상 귀신을 잘 보는
아이였으면 하고 바랐는데

가로로 잘린 글자들은 무수한 얼굴로
남아 있다고 한다.

미구에,는

오지 않은 옛날이라고

믿고 있었다.

하우스

투명한 방문으로 지어진 세계, 아저씨들의 큰 목소리
가 꿈속을 뚫고 들어와 영원히 자랄 수 없는 나라의 어린
이처럼 목이 긴 해마의 슬픔에 대해 생각하다가

우리가 국민학교라 말하던 계남초등학교는 계남 계남
욕하듯 부르는 그 맛이 좋아 너도 계남 나도 계남 아이들
과 주고받으며 하굣길 다리 밑에 매달려 두드려 맞던 개
소리를 들으며 하루도 빠짐없이 모두가 개근을 했다 비
명 소리가 버블버블 오락실 게임기에서 울려 나오는 사
운드와 같이

태양이 내리쬐던 조회대에 올라 박수를 받았다 끝나지
않는 박수 소리에 꿈을 깨고 보니 두 개의 손바닥이 빨갛
다 개털을 그슬리는 불처럼 번지고 냄새나는 무관심들의
이열 종대가 계속되는 정오, 숙제 안 한 벌로 바지를 벗
겨 벌세우는 2학년 담임이 둘째 딸이라며 나를 무등 태운
다 이해할 수 없던 것을 이해하게 되기까지 얼마간의 시
간이 흐르고

환한 운동장 환한 창문 뒷산으로 통하는 후문 옆의 소각장 날마다 무언가를 태워도 다음 날에는 다시 태울 것이 나온다 검게 피어오르는 연기도 21세기의 태양 빛을 가리지는 못해서 왜 우리들은 그토록 적나라해지는지 꿈이 구멍 난 곳으로 목을 잘못 누이면 밤도 끝이 나지 않아

방이 세 개라고 집이 되는 것은 아니다 아버지 왜 귀가 먹었어요 벌써, 내가 해야만 하는 말이 있는데 모든 창문에 커튼을 친다 어떻게 하면 진짜로 우리의 집을 지을 수 있는 거지 너와 나는 언제부터 만나 우리가 되었지 21세기의 태양 빛이 모래알처럼 새고 흘러내리고 흩어졌다 모이는 우리들은 버려진 카드 패의 슬픔에 대해 생각하다가

21세기의 101동 옆에 21세기의 102동이 돋아나고 얼마간의 시간이 흐르고 태양은 아직도 무수히 환하게 쏟아지는

아는 것들

한 장의 봉투엔
한 명의 수신자가 있다는 사실을
알고 있다
얇은 공기의 이편에서 내 호흡이
멈춘 순간
더 얇은 공기 너머 네가 달리기
시작했다는 것을 알게 된다
백만분의 일 초만큼 빛이 깜빡일 때
수천만 개의 메시지들이 공중에서 오고 가다가
하나도 하나와 부딪치지 않고
고속으로 전달된다는 것을
알고 있다
하늘에서 균형을 잡기 위해
흰 배를 내보이는 어린 새의 깃털 한 개
그것이 떨어지는 순간을
누구도 기억하지 못한다는 것에 대해
알고 있다
너는 너의 얼굴을 갖기 위해
아주 수많은 표정을 버렸다는 것

오늘 내린 눈송이가
이곳이 아니라 그곳만을 차갑게 했다는 것을
알고 있다

라플라스의 악마

모든 것을 예측해서
나를 이 페이지에 접어 넣었다는 그의 웃음소리를
꿈에서 들었다.

나는 얇고 하얗게 질려서 팔다리를 허우적거리고 있
었다.

심장이라든가, 콩팥이라는 식으로
이름 붙여진
낯설고 뜨거운 것들.

나는 너를 위해 깨어 있을 수 없는데
너는 나를 위해 잠들 수 없구나.

네게는 내 말을 들을 귀가 없고
나는 그것을 네게 나누어 줄 수가 없다.

나는 너를 응원하지 못할 것이다.
어떤 응원도

너의 박자를 다르게 바꾸지 못할 것이다.

내 희망과 상관없이

멈추기 이전과 이후의 무언가가 있었다.
같은 것인지
아무도 알아볼 수 없게 될 것이다.

측량할 수 없는 슬픔 같은 것이
나의 잠을 넘어 꿈속까지 흘러넘쳤다.

일면

주사위의 일곱번째 숫자 위에서
춤을 추고 있습니다

회전, 멈춤, 회전, 웃음, 회전, 눈물,
턴, 그리고 턴, 다음번 턴

인생의 또 다른 면을
달의 뒷면처럼 발견하지 못한
우리의 눈동자는 갈색
검은색과 암흑을 구별하지 않습니다

아무도 춤을 추라고 하지 않았는데

배운 것이 없는 나는 이상한 세계의 댄서

신의 손바닥은
아이가 만든 나뭇잎 왕관과 같이 위태롭습니다

흐르는 음악 속에 고장 난

태엽을 꽂아 계속해서 돌리고 있습니다

누군가
턴, 그리고 턴, 또다시 턴

분산

찾아가고 싶은 곳을 기억하는데
이제는 팔리지 않는 지도라고 합니다.

낯선 개정판들의 더미 속에서
나는 모르는 사람이 되다가

좀처럼 사라지지 않는 점처럼

깜빡이게 됩니다.

점의 그림자가 꾸는 빛의 꿈을
떠올려봅니다 나의 파장이 가닿지 않는
가시광선을 향해

벌어진 홍채들의 깜깜함을

오므라졌다 펴졌다 숨 쉬는 것들을

꿈 밖의 프리즘을 끌어와

불투명하게
분산하는 우리들 속에서

좀처럼 사라지지 않는 점처럼

단지 한 장면들

육체를 찢어서 소유할 수는 없다
당신은 당신을 이루고 있는 수많은 특성들 중 이제
단 한 가지를 이해하려는 경향

아마추어처럼 인생은 처음부터
오 초 후가 끝이라는 걸 누워서 깨닫는
삼십 년을 링 위에서 늙은 복서에게도
전 생애는 아마추어처럼

우리를 둘러싼 사각들은
집요하게 귀퉁이를 만들어내고
나와 당신은 귀퉁이와 귀퉁이들에서
부딪치고는 한다 그대로
잠시 멈추었다가 각자 서로의
귀퉁이를 돌면서

잠이 없다면 우리의 하루에
낮이 가도 밤이 오지 않고
나의 구멍들에 스미는 죽음을 조금씩

일찍 경험하지 않았더라면
사각의 바깥으로 나는 밀려 나와 있을 것이다

백야를 사는 사람들
유령같이
어디선가 흘러나온 부딪치는 이빨 소리
깊은 물밑의 차가운 소리가 결국
나에게서 나는 소리라는 것을
깨달으면서

잊을 수 없는 한 장면들로
이루어진 것뿐이다
살아 있다는 것
아직 잠들지 않았다는 것은

우주 바깥에서

추위가 없었다면 우리는 존재하지 않았을 것이다.

그러나 살아 있다는 것은
꼭 이런 방식이어야 할까.

외계인에게 손가락이 주어진다면
다른 생물에게 온도를 전달하며 생명을 유지하게 될까.

뜨거운 열역학적 죽음들 사이로
시간이 흐른다.

어둠이 완벽하게 얼어붙어 있다.
나의 호흡이 매 순간 사라질 것만 같다.

있을 수밖에 없었던 것으로서의 나

손아귀 속의 따뜻함은
너와 나의 삶을 손상시키지 않고

이곳 건너편의 이곳으로 옮겨 갈 수 있을까.

상처 난 아이의 발가락이 조개껍데기 안에 담기듯이.

유리의 창

고무인간처럼 팔을 최대한 길게 늘여 바깥을 닦아야 한다 안이 잘 보이는 게 좋으니까, 풍경은 투명해야 떠오르고, 그런데 헝겊으로 내가 가장 잘하는 일은 얼룩을 만드는 것

새벽 3시에 당신의 화면이 계속되는 것을 본다 당신은 꺼지지 않는 시간에 당신의 시간을 잇대려 한다, 이런 식으로는 끊어질 수 없으니까 당신과 나는

얼룩을 더하는 방법으로 나의 손가락은 끝말잇기를 계속하였고 글자들은 구름에게 금세 지워진다

구름만큼 아름다운 것은 세상에 존재하지 않습니다, 당신의 채널은 구름을 홍보하고 끝없이 중계되는 구름의 시합과 구름의 판매량과 구름의 여행지

당신이 동시에 세 나라의 말을 듣는 동안 나는 나의 나라를 잊어서 내 나라의 말을 아기처럼 배우고, 처음으로 발음하지 않은 것을 어떻게 사랑할 수 있어요?

여러 겹의 구름들이 당신의 목소리를 통역해준다 구름을 통해서만 만져지는 목소리의 뼈가 있다 이제 창은 당신의 구름들로 터져 나갈 것 같다 나는 유리의 금을, 처음인 듯 발견하게 되고,

아무래도 닦이지 않는 것이었다
그것을 열었다 닫으며 금 간 풍경이 다시 끼워진다
투명하고 아름다웠다

의자 찾기

나의 베란다에 꼭 있으면 좋겠는 의자
알맞은 색깔과 높이와 목재를 지닌
그런 의자가 반드시 있을 텐데

황학동 시장에 가보았다.
가는 도중에 신발의 밑창이 떨어져 덜렁거렸다.
황학동 시장에는
신발이 많았다.
술이 멋진 가죽 앵클부츠와 하얀 스니커즈와 포근한
스웨이드 신발들
240 사이즈의 신발을 한 켤레 사서 돌아왔다.

어떤 가구점에는
한 모양에 열여섯 가지 색깔의 의자가 놓여 있었다.
앉아보세요, 가볍고 멋지고 싸답니다,
주인이 권했으나 열여섯 가지 색깔만 눈에 담았다.

참, 많구나,
세계에는 몇 개의 의자들이 있을까.

그렇지만 더 아름다운 의자를 찾아야지.
나는 무릎이 아프고,
아픈 무릎에는 아름다운 의자가 좋을 것이다.

북쪽에서, 먼 나라에서 온 의자들도 있었다.
어떤 의자에는 새 주인의 이름표가 붙어 있었다.

나의 의자에 이름표를 붙인다는 것은 어떤 의미일까.
저녁의 램프를 밝히고, 식구들과 둘러앉아 밥을 먹고,
혼자 커피를 마시고, 하루의 영수증을 정리하며 몸을
기울일 시간들을
그 의자와 함께하겠다는 것은,
그 의자가 없으면 안 된다는 것은.

누군가 깎고 있을 나무에서 탄생하는
누군가 그리는 연필 선에서 만들어지는
누군가 두드리는 망치질로 다리가 생기는
나의 의자는 나의 주말들 가운데서 나타나지 않고

나의 의자를, 내가 아름다운 의자라고 부르는 그 의
자를
찾기 위한 일요일들이
계절과 함께 왔다 가곤 했다.

어느 일요일,
나는 한 의자에 앉아
떠올린다.
의자가 갖고 싶다,고 생각한 것이
시작이었다고.

어떤 화학작용

이곳의 태양 광선 속에서
한 개의 알갱이가 되어
떠다닌다

더 이상 알아볼 수 없을 데까지
쪼개고 쪼개어진
나의 내면 같은 것

이름을 잊은 소년이 쥐고 간 조약돌에
묻은 손자국

미아의 긴 비행

자신이 나고 자란 동네에서 미아는 길을 잃었고,
관광객으로서 골목들 사이를 걸었다.

알아들을 수 있어요?

전광판에 떠오르지 않는 편명의 여객기를 타고
오늘 도착한 것과 같이

네, 들려요

검색에 통과하지 못한 짐들을 배낭에 넣고
구름이 낀 가로등 밑을 지나갔다.

어떤 자리를 원하세요?

나의 고요한 침대는 어디 있을까
어서 등을 기대고 누워야 하는데

이미 마감되었어요 너무 늦게 도착했군요

외국어가 유창한 가이드들은 저녁 인사를 하며 헤어
지고,
식탁 위에는 여름의 생선이 올라올 것이다.

그것은 허용되지 않습니다

미아의 인사말은 통역되지 않고
밤이 깊어갈수록 창문들이 고요하게 닫혀갔다.

지금 탑승해야 해요

오래전에 뚫린 하늘 밑에서
미아는 생각했다 나의 숨소리가 우주처럼 희박하구나.

이륙합니다

저 위로부터 떨어져 내리는 투명한 것이 있었다.

생일 축하

내가 만든 것이
아무런 쓸모도 없는 것이어서
기뻤다
열두 살
가슴의 멍울들이 팡팡 터져
공기 방울처럼 가벼워지기만을
바랐다

흙을 파고
인형을 묻었다
더 깊이 더 차갑게
엄마더러 보라고
머리카락은 조금 남겨두고
발로 꾹꾹 밟고 나서
오줌도 조금 쌌다
여섯 살이었다

물고기의 얼굴을
하고 깨어났다

입이 사라지고
눈이 하나로 합쳐졌다
없는 입에서
계속해서
울음소리가
터져 나온다

아무도 태어나지 않은 날
그 첫날을
나 혼자 축하했다

최소한의 숲

발생하지 않는 사물들에 뿌리를 내린
극미량의 이끼처럼

격렬하게 죽어가는 삶의 내면의 고요함

밤으로 이루어진 숲속에서
지워지며 생겨나는 하나의 검은 나무의 윤곽

영원히 내리지 않을
4월의 눈

썩은 열매들의 냄새를 맡고 나는
내가 기입되지 않은 내 꿈의 지도에 도착하였다.

이생

엄마가 나 되고
내가 엄마 되면
그 자장가 불러줄게
엄마가 한 번도 안 불러준
엄마가 한 번도 못 들어본
그 자장가 불러줄게

내가 엄마 되고
엄마가 나 되면
예쁜 엄마 도시락 싸
시 지으러 가는 백일장에
구름처럼 흰 레이스 원피스
며칠 전날 밤부터 머리맡에 걸어둘게

나는 엄마 되고
엄마는 나 되어서
둥실

4부
다음 삶들의 천장

터치

변주하기 위해서가 아니라면
이 음계는 시작되지 않았을 것이다.

손가락은 고립된다.
각자의 음을 발설한다.

단 하나의 음절들이 모여서만
이루어지는 가능이 있었다.

머무름이
옮겨 가는 지도들의 좌표와
검고 흰 것 사이에서

나는 미끄러진다.

꿈속에서도 들어본 적 없는 멜로디를 연주하는
눈사람의 손가락을 꿈꾸었다.

잘못된 음계

그 여름에 시작되었습니다.
붉음이 우리를 덮었고
붉음은 이름이 없었습니다.
그래서 붉음은 아픔이라고 불리기도 했습니다.

붉음의 원인은 기상이변일까
우산을 펼치면 나의 그림자가 잘려 나갔습니다.
붉음은 우주로부터 온 것일까
겨울만 있는 나라들의 이름을 손꼽았습니다.

눈송이로 만든 알약이 혀 위에서 녹는 꿈에서 깨어나
흰 알약들을 삼키고 다시 꿈을 꾸었습니다.
꿈속의 겨울에서도 나는 희어질 수가 없었습니다.

무수한 처방전들이 손바닥 위에 쌓이고
겨울은 우리의 행성에서 빠져나갔습니다.
처방전을 복기하느라 잊은 단어들이
먼지의 시체처럼 부스스 쌓여갔습니다.

당신이라는 슬픔의 연원은 당신입니다.
검은 옷으로 온몸을 가린 그들의 말 앞에
나의 붉음은 불타올랐습니다.

검은 재가 쌓인 땅 위로
우주로부터 전송된
하얗고 차가운 음표들이 떨어져 내렸습니다.

네 눈 안의 지구본

아이들이 사라졌지 대륙의 틈으로
사계절 뒤로 목소리가 안 보이는 곳으로

눈이 먼 천사들이
수화를
하고 있어서

겨울 다음에 빙하의 눈이 내리게 된다

너는
둥근 눈물 안에다 나를 담았고

나는 휘어진다 알껍데기 안에서처럼
꼬부라진 채로 잠들어 내가 사람임을 잊게 되는 시간
까지
알아버린 모든 단어를 잃게 될 때까지

하얀 스케치북을 펼쳐놓고

꿈을 꾸고 있는 중이었다

죽음보다 여백이 넓어 건너가기 어려운 곳에
너의 휴가지가 있었다

철자들은 흩어지며 영원이라는
불꽃을 만들었다 나의 눈동자도 깜깜해지고

다음 삶들의 천장까지 내일의 눈송이가 떨어져 내렸다

스노우맨

이곳에는 비닐 봉지들이 과도하다
많은 것을 할 수 있어서 모든 것을 할 수 있는 것으로
보이기도 하는
봉투의 입들

나의 팔과 다리는 다족류와 같음에도

네 손은 아주 가느다랗게 바스락거렸다
희미하고

장악할 수 없으므로

나는 황산에 가까워진다
검음에 가까워진다
알리바이로만 가능한 시간들 속에

뚫려 있는 것들은
시간의 바닥을 보아버린 동공이고
거기에는 우연하게 많은 것들을 집어넣을 수 있다

로스타임 이후의 삶을 나는 살게 되었다
우연이 아닌 것처럼

귀가 떨어지고
너의 목소리를 분별할 수 없는 시간만이 남아 있었다

재와 타고 남은 것들로 뭉쳐져
햇볕에 녹지 않는 죄가 있다

녹지 않는 동그라미 하나가
내 머리 위로 더 큰 동그라미 하나를 그렸다
세계의 안쪽을 구멍 내고 있었다

폴라리스

혀끝에 남은 말들이 하나씩 공중에 올라
검은 구멍들을 형성한다
이것은
낯익지 않은 어둠

나의 귀가
나의 것이기만 했다면
더 아름다운 얼굴을 가질 수 있었을 것이라고 생각한다
폭죽처럼 떠올랐다 사라지는

어떤 생들이 겪는
추위의 이상함
서울, 베이징, 나하, 밤거리의 불빛들,
복수로만 환기되는 삶들
보도블록 아래로 흘러가 바깥에 이르는 도시의 이물
질들

우리 자신의 밝기를 증명할 수 없는
우리는 그것을 증가시킬 수도 없다

우리는 우리를 되비추는 종족으로서
잊은 생이 되살아나기를 꿈꾸었으나
하늘에는
0개의 시간 속에 튕겨져 나온 그림자들

지구에 뚫린 하나의 구멍 위에
두 다리만 기대고 서서
다음 목적지를 잊고서
다만 빛나고 있음을 알 뿐인

묵음

우리의 주님은 여럿

나는 당신이 사라지는 폭우 위에 서서
폭우 속으로 사라져가는 물방울을 바라보면서
그 물방울의 모양을 절대로 그려낼 수 없을 거라 믿으
면서

두 개의 다리와 두 개의 발로 나를
지탱하였습니다

우리의 주님은 여럿

나의 잠에 겹쳐진 여자의 잠 그 위에 내려앉은
아이의 잠 두 아이의 잠 위를 덮은 세 아이의 잠

나의 꿈이 솜이불처럼 무거워지면서
나의 꿈이 눈사람처럼 가벼워지면서

전쟁 속에서 태어나는 노인들의 울음소리가

귓속으로 스며들었습니다

우리의 주님은 여럿

당신의 입이 닫힌 후에 남을
당신의 이빨을 상상하면서 이빨의 개수를 세어보면서
내 입속의 혀를 움직였습니다

끊임없이 침 흘리는 그것을
목구멍 속에서 꺼내어 당신이 먹은 것과 같은
음식을 맛보았습니다

맛본 후에 남는 기억의 형태에 관해
생각하였습니다

시티 오브 솔트

#1

산은 염기와 반응하여 소금을 만든다

밤이었으며, 빛으로 얼룩진 거리에서
한 개의 주먹이 뺨을 치는 소리가 울려 퍼졌습니다.
한 개의 소용돌이와 같이

힘을 가하는 쪽과 힘을 받는 쪽이 동시에
만들어내는 소리에는 내부가 있습니까?

자루에도 내면이
밑바닥에도 끝이
분별이 있습니까?
물음표에 목을 꿰이고
뾰족한 십자가에 찔릴 것만 같은데

믿음처럼 텅 비어가는 너와 나의 눈동자를 생각하며

#2

소금이나 설탕은 물에 녹는다

지구의 쌍둥이별의 거리를 빛으로 환산하는 방식이 마음에 듭니다.

이 모든 빛이 사라지고 나면,

나와 다른 지구 사이의 거리도 소멸할 것입니다.

쌍둥이 아기 1.0과 쌍둥이 아기 2.0의 거리가 소멸하고

누가 형이고 누가 언니인지 알 수 없게 되는 순간,

조금 늦게 울었다면 어떻겠습니까

몸에 스민 빛이 조금 부족하다면 또 어떻겠습니까

#3

우리는 바닷소금이 필요해, 아주 약간의 바닷소금 말이야

수영장의 물은 수영을 하기 위해 떠놓은 물입니다.
바다의 물은 파도를 만들어내고,
바다의 물은 원래부터 있던 물입니다.

원래,는 언제부터,와 이어지는가
삶 이전에 죽음이 죽음 이후에도 죽음이 있었다는 말은
이상한가 다른 것을 상상할 수 있는가 모든 것이 녹아
드는 시간 속에서

나는 안전해지기 위해 수영을 배웠으며
삶으로부터 멀어지고 있다는 느낌을 갖기 위해 수영을
합니다.

지구가 나를 밀어내고, 파도가 나를 밀어내고, 모든 지
평선이 나를 밀어내고,
나를 헤엄치게 하는 물로부터 나는 이토록 멀어지고
나의 힘이 나를 밀어냅니다.

#4

난 메스꺼움을 경험하기 위해서 아침마다 소금물을 마
신다

반짝이는 얼룩들이 이곳을 덮습니다.
현재는 전염병과 같습니다.
붉고 뜨겁고 떼어지지 않는

이상한 가속력의 힘으로
떠오르는 시간입니다.

두 개의 망막을 물들이며
시티의 빛이 밝아옵니다.
검고 하얗게 멀어버릴 것 같습니다.

이해

당신의 표정을 이해하기 위해
나는 당신의 밑에 서 있기로 합니다.

위가 깜깜합니다만,

위로부터 무엇이 흘러내리고 있습니다만,

신들의 이유 없는 장난처럼

내가 알 수 없었던 것은 또한
나의 아래 있었던 것

내가 밟고 서 있던 머리
누군가의 말하는 입과

깜깜함과 깜깜함 사이
비가 내리고 있습니다.

빗방울이 내 눈 속에 떨어지고 나서야

당신의 차가움을 상상하게 되었습니다.

포춘쿠키의 이해할 수 없는 단어들처럼
아무것도 아닌 형용사로 이루어진

결국 내 것이 아닌 점괘를 뽑는 오늘에서야.

또 다른 해

내게 주어진 식물에게서
너의 계절의 냄새가 나기도 하였다
나는 내가 가진 흙의 구멍을 파는 법을 상상한다

지구가 아닌 행성에서
살아가는 아주 많이 다른
생물의 생김새를 눈 뜨고 그리는 법과도 같이

하나의 말이 끝나면
또 하나의 말이 뒤따르지만
어떤 말로도 대신할 수 없는 말

한 가지를 생각해내기 위해
이곳에서 너무 오래 살아왔다

내가 잠을 자고 다시 깨는 동안
나의 잠에 동참하지 않은
모든 생명체들이
느리고 격렬하게 움직이고 있다

내가 본 적 없는
표정을 오늘 아침에 고안해낸 너의 얼굴

빛의 차양을 간직하고 있다가
내 눈을 멀게 하는
단 하나의 장면 또는
틈 사이로 솟아오른 시간

다시는 살아보지 않게 될
또 다른 해와 같이
너의 얼굴이 내 뒤로 사라지고 있었다

물의 바닥

이제 이 세계에는 없는 이름을 기억해내기

너는 네 몸을 작게 만들며 나에게 말을 걸고 있다
더 이상 가능하지 않을 때까지
그렇지만 나의 말은 네가 닿은 시간의 뒤편에서 여러 번
갈라질 거야

내게 주어진 고통의 질량이 있다면
그것을 환산하여 바벨의 높이까지 쌓아 올린다면

그러나 무섭도록
내게는 시간이 남아 있고
무섭도록
시간이 흘러가고

나는 끝나지 않는 시간의 끝을 기다리며

물의 바닥에서 떠오르는 얼굴의 표정들을 세어가고 싶
었다

슬픔의 색깔이 백지에 스며들 때까지
영원이라는 글자가 완전하게 맞추어질 때까지

햇빛이 만드는 물의
그림자에
나의 몸도 천천히 겹쳐질 수 있기를 바라면서

머물러 있다

오지 않는 버스의 소리를 생각한다
문이 열리는 소리
한 여자아이가 올라타는 소리
카드를 대는 소리
발차하는 소리
타이어가 바닥을 구르는 소리
연기를 내뿜는 소리
그러나 아직 오지 않은 소리

물속에 사라짐으로 떠오른 너의
입을 생각한다
먹지 않는 입 먹을 생각이 없는 입
사라진 이유를 말하지 않는 입
말할 수 없는 입
네가 있을 곳이 다른 곳인 것만을
숨 쉬는 입
그리고 결국 닫힌 입
닫혔으나 나타난 입
닫혔기에 나타난 입

버스 정류장에서
오고 있는 소리들을 생각한다
차창 옆에 실린 웃음들
본 적 없지만
반드시 생각나는 웃음들
흰 반소매 교복을 입은 웃음들
감색 카디건을 겹쳐 입은 웃음들
반소매 아래로 펄렁거리는 팔들
겨울 외투를 입지 못한 팔들

오지 않은 우리들을 생각한다
오고 있는 나와
올 수 없는 나와
오지 못한 나와
올 것 같은 나와
모든 버스 정류장에서
오지 않는 버스를 기다리고 있는
모든 나들을 기다리고 있는

너를 생각한다.

*「버스 정거장에서」—오규원.

노동하는 인간

당신의 보고서에는 너무 많은 영혼이 들어 있다.
모든 계층의 인간이 이해할 수 있는 간결한 언어를 사용해야 한다.

가능한 일이지 하고 문지기가 말한다
그러나 지금은 안 돼

카프카는 보험회사 직원이었고
앗시쿠라치오니 제네랄리의 급료는 형편없었다.

태어날 때부터 고객상담센터 직원인 사람들과
태어날 때부터 보험회사 직원인 사람들과
태어날 때부터 변호사 사무실 서기인 사람들과
태어날 때부터 벽돌공인 그가

구내식당에서 밥을 먹는다.
백 인분으로 지어진 밥의 쌀알은 투명하고
일 인분의 백반을 먹은 그는 조금 더 투명해진다.

나는 전쟁과 묘지를 증오해.
그러나 곧고 난난한 벽을 쌓는 일은 나의 성확한 노동.

벽돌 한 개를 쌓아 올릴 때마다
그의 영혼이 평안을 얻고
벽은 핏방울을 머금은 것처럼 조금 더 붉어진다.

이 회사의 벽이 완성되고 나면
그는 휴가를 떠날 것이다.

마침내 그의 시력이 약해진다
그는 자기 주변이 정말 점점 더 어두워지는 것인지 아니면 그의 눈이 착각을 일으키는 것인지 알지 못한다

니스는 프로방스알프코트다쥐르 레지옹 알프마리팀 데파르트망의 수도.
북위 43도 42분 10초
특산물은 꽃과 향수와 올리브.

당신의 보고서에는 너무 많은 죽음이 담겨 있다.
　　죽음이 아니라 바로 이곳의 삶에 관한 내역을 작성해
야 한다.

　　이제 그는 더 이상

긴 휴가를 떠날 것이다 니스로
꽃과 향수와 올리브를 담을 커다란 가방을 지니고서
투명해진 몸에 검은 외투를 걸칠 것이다.

　　* 이탤릭체—프란츠 카프카, 『소송』.

검은 도미노

네게서 조금 엎질러진 부분이
내게 스며들었다
너의 액화된 사랑, 미움, 기쁨
나는 얼룩 없는 조각으로 돌아갈 수가 없다

나는 쓰러지며
네게서 묻은 색깔을 너에게 묻힌다
너는 잃어버린 슬픔이었어서
그것의 무게를 가볍다 느낀다
그리고 너는 쓰러진다

우리는 무늬를 이루게 된다
얼룩의 얼룩의 얼룩의 얼룩의
고리이며
세계가 한 번도 들려주지 않았던
소리로 끝이 난다

발신음을 전송한다
하나의 조각과

하나의 조각이 부딪치고

너와
모르는 너와
알지 못할 너와
네가 아닌 너와
너들로부터 떨어져 나온 너에게

그곳이 흰
세계인 줄도 모르고

유리의 빛

유리는 빛을 일렁이게 할 때만
거기 있었다고 여겨졌네

이 모든 인간들의 숨을 담은 풍선들이
우주 바깥에서 터지며 벌이는 페스티벌
그것을 상상하는 램프들의 밤

한 단어로 시작하지 않는
끝이 사라지는 대화를 만들어볼까요

외계의 언어는
순서가 있는 게 아니라서 우리는 한꺼번에 떠들고
한꺼번에 이해되는 꿈을
빛의 해에서 빛의 다른 해로 전송하고
받고

오지 않을 슬픔들과
슬래시
사랑

안부

투명한 손가락들과
촉수로 그려내는
도달하고 있는

밤의 램프들에 비친 유리의 빛

거지의 일몰

이런 꿈을 꾸어도 되는 것입니까.

무해한 웃음들이 주변에 가득한데
웃음이 생겨난 얼굴들을 해독할 수 없었습니다.

그중에 하나를 내 것으로 갖고 싶지만 시곗바늘에 찔려
표정을 잃을 것만 같습니다.

내게서 헐어낸 시간만이 나를 부지하고
벌린 내 손바닥 위로 은화와 같은 구름이 떨어집니다.

나는 내 몸에 묻은 얼룩을 찾듯
나의 어제를 여기저기 들추었습니다.

뒷모습이 나와 같은 사람을
찾아 두리번거렸습니다.

그러나 계속해서 땀을 흘리는 인간이 되어
냄새가 나는군요, 꿈의 끄트머리부터 타 들어갑니다.

저 아름다운 그릇들과 밖으로 울려 퍼지는 성가를
이번 삶에서는
허락받을 수 없을 것입니다.

처음부터
시작하지 않은 연주를
해가 지고도 까맣게 이어가야만 합니다.

크롬

물질을 지배하는 것은 정신이다

차마 붙잡지 못했던 네 손에 손톱이 자라나서
내 꿈속의 손목을 할퀴었다.
꿈 밖으로 이어지는 통증에 대해 생각하며 눈을 뜨고

과거가 아니라 미래를 볼 수 있는 인간이란
어떤 종에 속하는 것일까요.
오늘만은 죽은 사람보다 산 사람이 가깝게 느껴집니다.

하루에 몇 번씩 떠올리던 장면을
하루에 한 번 떠올리게 되고
일주일에 몇 번인가 찾아오던 느낌이
일주일에 한 번쯤 찾아오게 되면

잊는 것입니까.
잊는다는 것은 아프지 않다는 뜻입니까.
아픔을 느끼지 못한다는 뜻입니까.

순교자도 파렴치한도 성인도 아닌 다른 사람들과 똑같
은 인간

다시 인간이 되기 위해 노력한다면
그건 나의 삶인가요.
다른 사람의 삶인가요.

인간으로 살아가기 위해
핏방울들로 기록된 책을 한 글자씩 지워나가는 하루들
이 모여
이룩하는 삶에 대해 생각하며 눈을 뜨고

질료는 적이고 물질은 어리석다
우리가 하는 일은 이 끝없는 전쟁에서 계속 승리하는
것

죽은 사람보다 산 사람이 가깝게 느껴지는
오늘만의 아침

내가 만질 수 없는 곳에 화인처럼

단단하고 아름다운 날개 뼈의 흔적이 남아 있습니다.

*이탤릭체──프리모 레비, 『주기율표』.

애드벌룬

#1

나라는 슬픔을
믿지 않고 끝까지 걸어가볼 것이다

#2

북극의 유일한 호텔, 샹들리에, 하얀 시트, 비행기 티켓
두 장, 꽃다발. 세계에 없는 꽃말들

우리가 우리의 냄새를 가릴 수 있는 무너진
겨울 숲 휘파람 안까지

#3

언젠가는
내가 아니어도 좋을
하나의 장면이 있겠지
그 시간 속에서는
우리의 이름들이 뒤섞이며 느닷없는 웃음 같은 것이

튀어나오고

처음 듣는 자장가처럼
우리의 목소리는 서로를 더 먼 곳까지 데려갈 것이다

#0
그리고
복사되지 않는 뼈의 윤곽을 지니고
너의 뼈의 실루엣을
껴안을 것이다

네가,
우리가 숨 쉬는
대기 바깥에서
떠오르는 것을 지켜보면서

행성의 고리

나의 삶 이전에 결정된
내 인생의 장면들

묶음으로 지나가는
느린 유리 속
뒷모습
비어 있는 이름 몇 개

너의 정면을
보지 못하는 나의 흰 눈동자

우리는 어디선가 이어져 있겠지
찌그러진 타원형의 바깥들에 매달려
계속해서 바깥이 되어가고 있겠지

검은 우주처럼

끝없이 돌면서
팽창하면서